JN208441

田村勝久

詩集　母という魔女

文治堂書店

母という魔女　目次

I

やぶれかぶれの歌……10
POINT・A……13
空　白……16
心はどこにあるのか……18
謎の生き物……23
天気のいい日に……26
学級委員選挙……29
おもちゃのラプソディ……32
中丸さんのこと……37
猫と鴉がいる……45
あなたが嫌いです……47
遠くまで行ける……49

正解を見つけるまで……52

Ⅱ

寝室の方から……56
父はいま家で寝ている……58
喪主の長い挨拶……61
疑　問……70
記　憶……72
変わるということ……74
計画と衝動……77
東京理科大学葛飾キャンパス……80
かりにいく……98
木と花が教えてくれる……101

ハンパもんのうた……110
歌姫S……112
三　猿……114
真ん中の部屋……117
怪盗F……120

Ⅲ

夢と冷静の間……124
とか　とか　とか……127
むへんかん……130
妄想のまゆげった……132
鬼は屍を残さない……144
母という魔女……147

銀の旅……150
君に誘われた遊び……152
飛んでいるとは限らない……154
お鶴と名乗る女……156
生きている本……174
雲に遊ぶ……176
戦略的優しさを警戒せよ……180
私家版詩集より掲載リスト……182
あとがき……184

表紙・挿画　著者

I

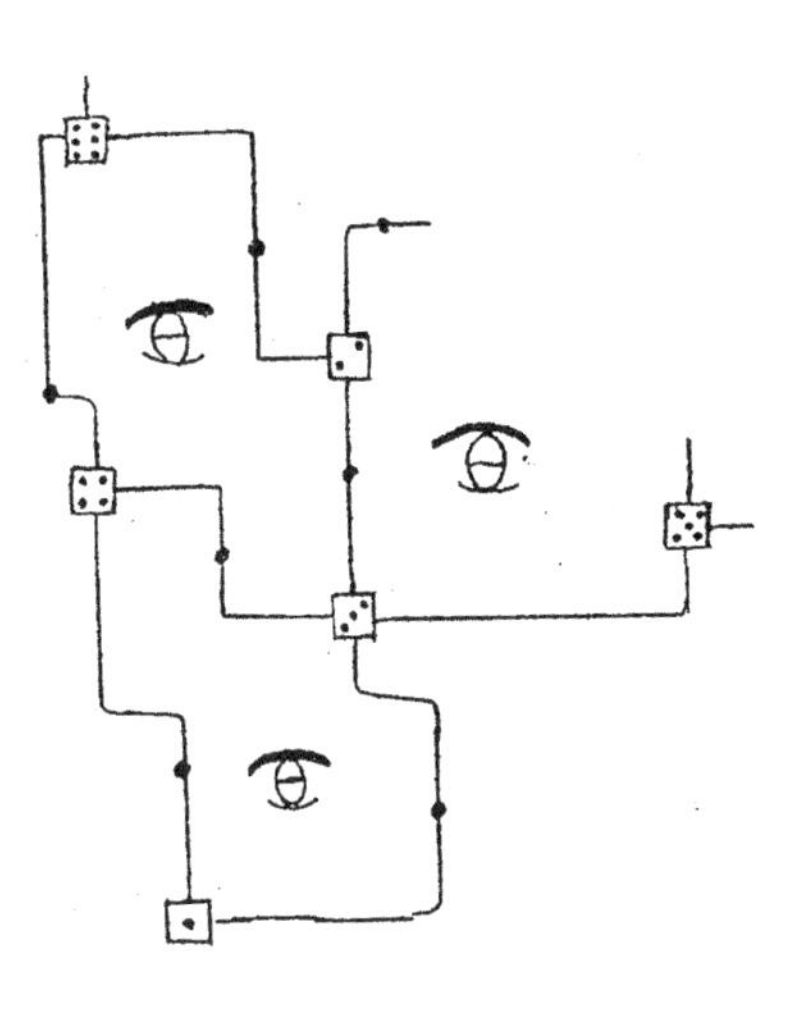

やぶれかぶれの歌

お山のふもとで　カエルの親子
あんまり暑くて　やあぶれかぶれ
ドテラに湯たんぽ　電気ゴタツ
カイロにオーバー　ストーブたいて
頭がぼけてえ　くたばった

お池のまわりで　カエルの勇者
どおうにでもなれ　やぶうれかぶれ
刀ふりまわし　やたらと暴れ
あっちらこちらを　飛び跳ねまわり
頭をぶつけて　くたばった

お庭のはずれで　カエルのチーム

退屈至極で　やぶれえかぶれ
ルールも知らずに　レクリエーション
野球とサッカー　ごっちゃにやって
頭が乱れて　くたばった

お川の岸辺で　カエルの坊や
何だか知らない　やぶれかあぶれ
六連発の　ピストル出して
ロシアンルーレット　ひとりでやって
頭がふっとび　くたばった

お城のなあかで　カエルの大王
どういうつもりか　やぶれかぶうれ
同志を集めて　大大革命
自分をつかまえ　ギロチンかけて
頭を落として　くたばった

お空のしいたで　カエルの一家
やあぶれかぶれに　やぶれかぶれ**え**
やあぶれかぶれは　やぶれにかぶれ
やぶってかぶれと　やあぶりかぶり
頭が破れて　くたばった

POINT・A

純粋さ以外の何かに
飽和した夢が狂気を呼んだ
ただれた意識の底から
飛び散るままに
無限の果てに

虚無へ開放された透明人間の
肉体を抜けた柔らかな光線は
ぎこちない意識の破片に
乱れて反射した

脳裏のネットに吸着された思考は
存在するままに

存在しない方向へ
狂風の白い砂漠
空中を翔ける総ての粒子は
$C_{12}H_{22}O_{11}$
女神の甘い矯声を
男は知覚した

幻かもしれない接点は
ただ一瞬だけ存在した
深紅の光沢を持った一対の眼球に
視界は反転した

明確に流れる緑青の数列が
中枢神経を通過していった

愛情と友情を黙殺された自由落下

純粋な衝撃を与える強烈な意志
ただ超然として
時空に微笑を送る少女
冷静な信号は時空を短絡させた

空白

白い時間を　越えたもの
針の　翼の　時間船
時の　流れの　向こう側

やがて　何かが　でも　今日は
それで　明日は　フフフフフ
しかし　ああ　まぶた　眠気

前と後　上と下　右と左
三次元　総て　頼りない　場所
光　無限に　希釈された　空間

まぶた　もう明日に　重い

空　フフフ　宙　レッレッレッ
ああっ　無　影　消えていく

白い壁　家　不安になると
ガラス窓　煙　そして　霧
跳躍　まばゆく　輝く船

静止する　幽霊のように　冷たい
刻んでいる　指先　フラララ　流れて
毛布　重なって　安定した

時間　迷いながら　静寂　空
あくび　歪んで　息　動かない
消去　空白　それから

心はどこにあるのか

人の心は常に自分を意識しているから
自分が総てを動かしていると思っている
しかし人間は寄せ集めの混合物
中心なんてどこにもないらしい
心・技・体と並べられることもあるけれど
本当は三権分立よりも複雑なシステム
神経系とか免疫系とか
それぞれが独立して活動しているらしい

少し昔のＳＦ作家が考えた知的生命体の進化
有機物の肉体は頑丈な金属の体に切り替えられ
容量を増やした電子回路の脳に記憶は移される
やがて脳だけが安全な場所に保管され

体は遠隔操作で動くようになる
エネルギー生物は最終進化の形態
虚空に浮かぶ意志を持ったエネルギーは
滅びる心からも壊れる体からも解放される
空間に直接記憶を刻み込む技術が開発され
電子脳すらも不要になってしまう
宇宙空間の総てがメモリーバンク
『エネルギー保存の法則』が不死を保障する
それはほとんど神と呼んでよい存在

果たしてそうだろうか
人類であろうと別な種類の宇宙生物であろうと
純粋に効率だけを優先して
知的生命体が自己改造を進めていくとは
私は思えない
エネルギー生物のような

シンプル・イズ・ベストの生物
それが誕生する可能性があるのは
百数十億年前の宇宙誕生直後ではないだろうか

宇宙を誕生させた巨大なエネルギーの爆発には
大きな意志が含まれていたのではないだろうか
まだ物質も生成されていない空間で
散り散りに分割されたエネルギーは
個別にその意志を受け継いだ
それが心
それが魂
エネルギー生物は八百万の神のようなもの
八百万では少なすぎるから
八百を一万回掛け合わせたぐらいの
数になるだろうか
神のような存在は未熟な物質に興味を持った

生成した総ての物質に宿りながら
彼らは天地創造を進めていった

動物はエネルギー生物が物質と関わるための乗物
しかし人間は予想を超える進化をしてしまった
大脳は小さな神の破片を迎えるための神殿
大脳はエネルギー生物を捕えるための電子回路
提供された場所に宿った心は
自分自身の記憶を封印され
誕生した人間のシステムに組み込まれてしまう
心は全身に個人的な意志を伝えようとするけれど
体の細胞に保存されたＤＮＡには
物質の世界を支配しようとする
生命全体の意志が刻まれている
確かに心は指揮官なのかも知れないけれど
良くできたゲームでは

駒の方がプレイヤーを操ってしまう

『世界は狭くなった』
それは人間が望んだ文明の発達を示す言葉
しかし究極まで進んだ世界の狭さが
人間を追い詰め窒息させようとしている
それは空間を必要とする心が
望んだことではないだろう
縮小された地球を掌に乗せようとする野心
全く別な種類の心が
どこかに生まれているのかも知れない

謎の生き物

僕が町外れで出会った生き物は
ちょっと変わっていた

ウサギのような赤い目をしていたが
ウサギではなかった
カメのように長生きだったが
カメではなかった

カナリアのように歌えたが
カナリアではなかった
コガネムシのように輝いていたが
コガネムシではなかった

イルカのように賢かったが
イルカではなかった
ヒトのように言葉を話したが
ヒトではなかった

遠い星から地球へ
彼女を探す船がやってきたが
何も見つけられずに帰っていったという
彼女はつぶやいた
「かくれんぼは得意なの
もう　あの世界には戻りたくない」と

月の光の下　紫のドレス
彼女を見つめていたら
すっかり心を奪われてしまった
「お願いします　僕と結婚してください」

竹の林を風が吹き抜ける

「ごめんなさい　ヒトとは無理ですよ」
「そんな　せめてチャンスを
僕にも　難しい問題を出してください」
「あらっ　誰かと勘違いしてますね
私は姫ではありません　平凡な生き物です」
彼女はワライカワセミのように笑った

天気のいい日に

鳥の声が聞こえる
洗濯したばかりのワイシャツを
私はハンガーに干していた
箪の中には同じものが
まだいくつも入っている

目の前を通る
日傘を差した女性
「こんにちは」
私の挨拶をクールに受け流して
気取った女性は進んでいく
私はまだ髭を剃っていない
髪を梳かしてはいない

女性は玄関前で右に曲がる
やはり家の客ではなかったようだ
少し進んで今度は左に曲がる
ハイヒールの音が止まった
「あらっ」
そこは塀で囲まれた駐車場
通り抜けはできない

舗装道路に見えるけれど
入り口には門柱があったはずだよ
格子の扉も付いていた
もう十メートル前で曲がっていれば
道は内科医院の裏口へ通じていた
もう十メートル先で曲がれば
下水の蓋の上を歩いて
児童公園に抜けられた

そんな説明はいらないかな
生きていれば恥ずかしいこともある
お互いにね

学級委員選挙

結城中学校二年二組の
一学期の学級委員長の選挙は
決選投票にもつれ込んだ
徳川家康のような高城君
野球部のピッチャー吉岡君
私はどちらへも入れたいとは思わなかった
高城君はいつも私に嫌みなことを言ったし
吉岡君はクラス替え早々私を脅した

決選投票は二票差で高城君が勝った
無効になった二票を入れた者に
担任のT先生が申し出るように言った
一票は青山君だった

決選投票の意味を理解せずに
別な名前を書いてしまったのだ

すごい剣幕で担任は怒っていた
許せないのは「なし」と書いたもう一人の方だ
このクラスには学級委員がいなくても
いいんですかと
生徒全員に目を閉じさせて
手を上げさせようとした
もちろん私は手を上げない

自分の信念だけでなくこっちの事情も考えろ
全員がきちんと目を閉じるとは限らない
投票の秘密だって守る必要があるだろう
青山君以外の全員を敵に回せというのか
ヒットラーとスターリンが立候補していたら

どちらかに入れろというのか

二年二組はクラス替えなしで三年十組になった
担任はもっと厄介なS先生に変わった
二年の三学期に転校してきた中沢君が
圧倒的な指示を受け　学級委員長になった

おもちゃのラプソディ

不幸にもデザインの良くない服を
着せられてしまった合成樹脂の人形達
とても退屈している
机の上からバンジージャンプ
とても勇気がある
おもちゃの飛行機からスカイダイビング
とても爽快だ
最後にタンスの上から
ロープもパラシュートも付けずに落ちていく
投身自殺ではない
みんな超能力を持っているから平気なのだ

その内気な少年は

太平洋戦争のことは知らなくても
太陽系を震撼させた
一年戦争のことは詳しく知っている
機械仕掛けの甲冑は
サーベルとライフルを構えながら
五月人形のように整然と並ぶ
「無敵だな　我が軍団は」
すべて原子力で動いている設定だ

線路は本当にどこまでも続いている
蒸気機関車も　ディーゼルカーも
通勤電車も　最新型の新幹線も
同じモーターで動いている
何両も何両もつながっていく
見たことがない奇妙な編成
特急電車に貨車が連結している

ブルートレインの客車も混ざっている
脱線しても問題はない
線路は特にいらないのだ
等速直線運動で
畳の上を走っていく
銀河鉄道のようにどこまでも飛んでいく

ぬいぐるみが山のよう
人気のないものから消えていく
また同じようなものを買ってくる
汚れたものから消えていく

小石でも　葉っぱでも　貝殻でも
ペットボトルでも　牛乳パックでも
ダイヤモンドでも　金の延べ棒でも
炊飯器でも　血圧計でも　携帯電話でも

子供が手にして遊んでしまえば
みなおもちゃになってしまう
お友達という名前の
良くできたおもちゃもある
子供が遊ばなければ
良くできていてもそれはおもちゃではない
別に大人が遊んでも構わないけれど

魔法のバトンを振る
小さな魔女がそこにいる
特別な機能は何もいらない
その少女の存在自体が
強力な魔法なのだから

生存競争に破れて
恐竜は滅んだはずだ

その後も進化を続けたのか
おもちゃの恐竜は強い
ほ乳類なんかには負けない
中生代は終わっていない
白亜紀は終わっていない
鳥のような　野獣のような
誰も聞いたことのない声で吠える
最近の恐竜はカラフルだ
本当の色を伝える資料が少ないから自由だ
生き残るのはおそらく彼らだ

高性能のゲーム機は
油断していると
子供の方がおもちゃになる

中丸さんのこと

中丸さんの名前は美しい絵と書いて
『よしえ』と読む
本当は繪だが高校時代は絵を使っていた
『みえ』と読むと張り倒されるだろう

僕は下館一高二年B組の時同級生だった
休み時間に僕はノートの切れ端に
いつものキャラクターを書いていた
オリジナルだが完全な落書きだ
「田村君　漫画家になるの」
中丸さんが後ろから声を掛けてきた
僕はどう答えていいか分からなかった

僕が体育祭で女装したときには
中丸さんはメイキャップをしてくれた
いきなり上半身を脱がされてしまったので
僕は漏斗胸を見られてしまった

僕が球技大会で卓球に出たときには
卓球部員だった中丸さんがコーチをしてくれた
残念ながら僕は逆転負けしてしまった

この年中丸美繪さんが忌引きで休んだ
学校から帰宅する僕は
ナカマル洋品店の前に出た
コートを着た美繪さんが家族とともに
閉じられたシャッターの前に立っていた
行って何かお悔みの言葉を
掛けなければならないと思いながら

僕には道路を横断する勇気がなかった
母と美繪さんの母は
同じ女学校を卒業した知り合いだった
「中丸さんのお父さんが亡くなった」と母から聞いて
美繪さんの父が亡くなったと理解してしまった
母は美繪さんの母の父という意味で言ったのだろう
私は長い間　美繪さんの父親が亡くなったと思っていた

僕は中丸美繪さんを
卓球部員としてしか認識していなかったが
両親は教育熱心で
三才ごろからピアノを習っていたそうだ
妹などはオペラ歌手になっている
美繪さんは慶応大学を出てから
日航の国際線スチュワーデスになった
国際線スチュワーデスは一回のフライトで

三週間ぐらい家を空けるそうだ
帰ると洗濯機に夫の汚れた下着が待っている
それが嫌で日本航空を辞めたと
同窓会のとき言っていた

中丸さんはノンフィクション作家になった
指揮者斎藤秀雄の一生を描いた
『嬉遊曲　鳴りやまず』で
日本エッセイストクラブ賞を受けた
結婚しても中丸姓を使っているのは
本名を使うと
有名なミステリー作家と
三文字半被ってしまうからだろう
僕は音楽については何も知らない
幸いなことに
中丸さんと同じ下館一高の卓球部だった僕の妹が

『のだめカンタービレ』を
貸してくれていたところだったので
その漫画を先に読んだおかげで
どうにか中丸さんの本の話に
付いていくことができた
千秋真一って斎藤秀雄なのだろうか

僕は昔『早川ＳＦコンテスト』に
応募したことがある
最終選考で落ちてしまった
だから中丸さんには少し嫉妬してしまう
『日本沈没』の小松左京氏が
ハードＳＦ作家　堀晃の版権問題で激怒し
選考委員を下りてしまった
最終結果の発表が六カ月伸びた
『謎の転校生』の眉村卓氏は

僕の作品は軽すぎると言った
大学教授でＳＦ作家の石原藤夫氏は
僕の作品は吾妻ひでおの文章化だと言った
選考委員には翻訳家もいた
僕の作品は独り善がりで面白くないと言うことだ
ＳＦはみんな独り善がりだと思う
それと気付かせずに読ませる腕がなかったのだ
私が何か賞をもらっていたら
ライト・ノベル作家として過労死したかもしれない
これで良かったのかもしれない

高校時代の中丸美絵さんは
『ななこ』にそっくりだ
『ななこ』は吾妻ひでお氏の漫画に出てくる
お人好しの超能力者だ
おかっぱ頭でセーラー服を着ている

登場する『ななこＳＯＳ』は
アニメ化もされている
下館一高の女子の制服は
同じアニメでも
『おちゃめなふたご　クレア学園物語』のような
ブレザータイプだ

『早川ＳＦコンテスト』の応募作品
『青紫とインスタントラーメン』でも
主人公の青紫はＳ１高校の制服として
ブレザータイプのものを着ている
それを『ＳＦマガジン』のあらすじ紹介では
セーラー服と書かれてしまった
そこがコンテストで一番不満な点だ
漫画家　吾妻ひでお氏はその後失踪し

そこから『失踪日記』で復活した
何か賞をもらったらしい
斎藤秀雄と同じひでおなので
何かの弾みで中丸さんが伝記を書くかもしれない
十七歳の中丸さんが取材に行くわけではないので
たぶん行っても大丈夫だろう

吾妻ひでお氏が自分の漫画で書いているのだが
SF漫画家になるためには
自分の後ろの席に松久由宇氏がいて
「おまえ漫画家になるのか」と
質問されなければいけないらしい
後ろから中丸美絵さんに
同じ質問をされていた場合
僕の運命はどうなるのだろうか

猫と鴉がいる

猫がいる
鴉がいる
私も庭にいるのだが
彼らは人の存在など
無視しているようだ

猫がなく
鴉がなく
威嚇されているのか
私は無能な生物だと
思われているようだ

猫がとぶ

鴉がとぶ
レジ袋を破って
塵を散らかしたのは
どっちだ

猫がさる
鴉がさる
残された私は
ひとり寂しく
後片付けをしている

あなたが嫌いです

彼女に聞いてみた
「君は何が好きなの」
彼女は答えた
「そんなもの知ろうとしても
無意味ですよ
私はあなたが大嫌いだから」
僕は諦めなかった
「偶然だなあ
僕も自分は大嫌いです
ふたりは気が合いますね」
僕は早速自分と絶交して
彼女と付き合い始めた

そんな訳の分からない自分が嫌いだ

遠くまで行ける

この靴は魔法の靴
匠の技で作られている
この靴を履けば
どこまでも跳んでいける
でも使用上の注意を
よく読んでいなかったので
ある日　靴は壊れた

この足は丈夫な足
特別な道具を使わなくても
この足を使えば
元気に歩いていける
でも休むことを忘れて

弾力を失って棒になった
ある日　足は折れた

この心は不屈の心
移動方法はどうにでもなる
この心を持てば
諦めずに進んでいける

でも時間と競争して
自分の存在を忘れてしまった
ある日　心は破裂した

もうここには何もない
これまでは幸運だったのだ
だから油断もした
でも心配することはない

別に何もなくても
好きなところに行けるさ
遠いところまで行けるさ

正解を見つけるまで

高校生の頃だった
母が言った
「夕食には何を食べたい」
少し迷ってから私は答えた
「麻婆豆腐」

しかしそれは
私が答えを自由に選んで
願いが叶うという質問では無かったのだ
私は参考意見を聞かれただけなのだ
母の頭の中には
いくつかの正解があったのだろう
ひょっとすると

私は選んではいけない選択肢を
選んでしまったのかもしれない

その日の夕食は麻婆豆腐ではなかった
何が出たのかは全く記憶していない
私は黙って食べた

次の日も麻婆豆腐ではなかった
数日後も麻婆豆腐ではなかった
一週間後も麻婆豆腐ではなかった
一か月後も麻婆豆腐ではなかった
三か月後も麻婆豆腐ではなかった
半年後も麻婆豆腐ではなかった
一年後も麻婆豆腐ではなかった

はたして偶然なのだろうか

この膠着状態を
打ち破ることができるのか

一年と数日後
私は自分で麻婆豆腐を作った
その記念日がいつだったかは
残念ながら覚えていない

Ⅱ

寝室の方から

冷蔵庫の野菜室の片隅で
干乾び掛けたニンジン
予定通りカレーになるだろうか

「おーい　おーい」
父が大きな声で呼んでいる
とりあえず行ってみる

また変な夢でも見たのだろうか
泥棒が忍び込んできたとか
近所の市場が火事で大変だとか
怖いお化けが現れたとか

「どうした」と聞いてみる
父は闇の中で答える
「俺は生きているのか」

隣には母のベッドがある
数日前に入院して
まだ帰って来ていない

熱いカレーの鍋を
保温容器に入れて三十分
私はようやく気が付いた
まだ肉を入れていない

父はいま家で寝ている

私は東日本大震災を
たった一回経験しただけだが
父は何回も経験していた
何回も何回も

毎日ラジオを聴き
新聞を読んだ父は
大きな地震が起きたことを知る

復旧するまで
私は父に説明する
なぜ照明が点かないのか
なぜテレビが映らないのか

なぜトイレの水が流れないのか
なぜお風呂に入れないのか

電気が通じてからは
父は毎日映像で
大きな地震が起きたことを知る

忘れた訳ではないのだろう
思い出せないだけなのだ
父の震災の記憶は
地層のように重なっていく

三月十一日から十一か月後
大きな断層が
突如その地層に生まれた
父は救急車で運ばれ入院した

医師はあと三日だと言った

父は震災一周年の日を生き延び
三月十三日になっていた
父は光の中で
またあの台詞を呟いたのか
「俺は生きているのか」
お昼ごろ　父は静かに帰宅した

喪主の長い挨拶

本日は父
田村栄治の葬儀並びに告別式に
ご参加いただきまして
誠にありがとうございました
入院中の母に変わりまして
遺族を代表してお礼を申し上げます

父　伊藤栄治は日本海に面する
新潟県能生町に生まれました
地元の水産学校を卒業し
戦前は富士重工の前身
中島製作所に勤め
飛行機を作っていたと言っていました

そういえば父が二番目に買った車は
スバル360でした
戦争中は兵隊に行ってきたと言っています
浜松のレーダー基地に配属され
そこで終戦を迎えたようです

戦後　田村貞子と出会い結婚し
主を失っていた田村家の
婿養子となりました
隣の栃木県の県庁に勤め
茨城県結城市から栃木県宇都宮市に
通勤することになりました
栃木県庁では水産係に所属していました
父が言うのには他の県では
海なし県でも水産課があるそうです
栃木県は水産係で水産課の仕事をしてると

威張っていました

長男の私が生まれたのは
父が三十になってからです
待ちに待った私の誕生に
父は万歳と叫んだそうです
三年後　妹が生まれました
三人目も欲しかったようですが
母が洋裁学校を開いて
共稼ぎだったこともあり
断念したようです
父は良く母と喧嘩をしていましたが
誰が見ても母が勝っているのですが
父はいつも自分が優勢に戦っていると
信じているようでした

父は緑書房というところから
本を出しています
養殖の淡水魚に関する経理の本という
不思議なものでした
若いときは小説も書いたようですが
母に全然面白くないと言われて
発表を断念したようです
県の水産試験場に
異動することもありましたが
最後は課長相当職で退職したようです

父は卓球が得意で
栃木県庁の卓球部で活躍しました
妹にもよく卓球を教えていました
結城市の市民卓球大会で
自分の娘が所属する中学校の卓球部の

顧問を破り優勝したこともありました
卓球で頑張り過ぎて右肘の軟骨が延び
手術したこともありました
関節鼠といい　そはネズミと書きます
バレーボール漫画「アタック№１」では
鮎原こずえが同じ病気になっています
包帯で腕を固定したので
背広が着られなくなり
和服を着て県庁に通ったこともありました

写真も趣味で白黒写真のときは
現像機も持っていました
父は物を作ることが好きで
母の洋裁学校の看板や
椅子を作っていました
私の汽車のおもちゃも作りました

井戸の屋根にソーラーシステムを付け
風呂場も作りました
特に模型を作ることが好きで
田村模型店を始めてしまいました
作るのは好きでも売るのは別らしく
ガンダムブームにも乗り遅れると
模型店を閉店し
田村行政書士事務所を開業しました
裏庭に駐車場を作って管理し
草取りを熱心にやっていました

最後の一年数か月を
太平洋が見える日立市で過ごしましたが
父は母が入院したこともあり
元気がなくなって
食事の量も徐々に少なくなりました

やがて固形物を受け付けられなくなり
液体だけを飲むようになって
すっかり痩せてしまいました
一か月ほど前に秦病院に入院し
あと三日だと言われながら
震災一周年の日を迎えた後
老衰で亡くなり天寿を全うしました
享年八十七歳でした

父の生涯について
記憶にあることを話しましたが
他にもいろいろなことを思い出します
妹は私の原稿にないことを思い出しました
父がアイスクリーム製造器を
科学雑誌の記事を見て作ってくれたのですが
私と妹の期待に反して

いくら待っても液体が凍らなかったことです
アイスクリームと言えば
家族四人で筑波山に行ったとき
私がどうしても頂上に行きたいと言い
父と私のふたりでロープウェイの切符を買い
乗り場に向かったのですが
上から下りてきた客が
「降る方は行列で当分帰れませんよ」と
教えてくれたので乗れなくなりました
父は切符を払い戻したお金で
四人分のアイスクリームを買い
「こっちの方がいいだろう」と
父は何度も言いましたが
私の機嫌は直りませんでした

弔辞にありましたように

私の姪は幼いとき
父の見ている前でガラス戸に激突し
手に怪我をしてしまいました

まだまだ話し足りないのですが
父は笑いながら
「いいかげんにしろ」と
言うと思いますので
この辺にしておきます

皆様の温かいお見送りに
父も喜んでいると思います
本日は本当にありがとうございました

疑問

ある日
少女が大人に質問する
「人間はなぜ生まれてくるの」
それは純粋に哲学的な疑問だった

大人は勘違いして
「赤ちゃんは
どうして生まれてくるの」
と子供に聞かれたと思い込む

ある大人は突然怒り出す
ある大人は困ってしまう
それを見たお節介な大人が

下手な図解で子供に説明する

そんな初歩的な生物学の疑問は
少し調べれば自力で解決できる
「見くびられたものね」
と賢い少女は溜息を吐く

記憶

私の一番古い記憶は
五歳かそれ以前の
春の日のもの

前の前の自宅の
誰もいない居間の
仕舞い忘れの掘り炬燵に
ひとり

廊下に続く木の扉に
嵌められた切子硝子を
ぼんやりと見ていた

その日だけは
真っ当なことも
良からぬことも
思い付かなかったようだ

いつも汽車を見に
連れて行ってくれる
祖母も出掛けていた

何もしない

無意識に
平和で退屈な時間だけを
心に刻んだのだろう

変わるということ

小さな違和感がある
特に海を見ながら
坂を下るとき
変わったのは私なのか
この街なのか

アルファベットでは不足だ
変数があまりにも多過ぎる
間違いが隠れているのだが
絵のどこが入れ替わったのか
私には確認できない

世界に危機が迫っている

怪人と変人が出現して
地球を埋め尽くそうとする

私はブラックボックスに
閉じ込められて
都合良く化学変化する
破滅に向かう流れを変えるのは
絶対に破天荒な超人ではない

壊れていく　溶けていく
忘れていく　錆びていく

機械として操られる人間は
廃棄物になって排除される
生き物として抵抗する人間は
誰も見たことがない

システムを編む

計画と衝動

計画的に仕組んだ犯罪は
罰則が重くなる
衝動的に行った犯罪は
少しだけ許してもらえる

「君から盗めたのは五円
経費が五千円掛かった」

時間は敵に回り
昨日の私は別人になる
私は主犯ではない
計画に操られただけだ

出たとこ勝負なら
失敗を怖れなくていい
私は野生生物になって
瞬間を駈ける
宙に浮いた身体は
軽く自然に動かせる

個人的な計画は破綻する
無数の他人の都合がある
何よりも宇宙の予定が
優先される

「君の心を盗めたのは
その一瞬だけだった」

歳月の短さと

瞬間の長さ
心は衝動に傾いていく

東京理科大学葛飾キャンパス

十月の第四土曜日は
結城文學の会を休んで
母校東京理科大学の同窓会
理想会の茨城支部の総会に出掛けた
日立　水戸　土浦　筑西の順に
開催地は毎年変わり
今年は筑西の番になるのだが
東京都葛飾区金町に
大学の新キャンパスができたので
そこで行われる同窓祭
ホームカミングディーの日に
学内で開くことになったようだ

特急『スーパーひたち』を利用すれば
乗り心地は快適だったのかもしれないが
停車駅の関係で時間短縮の恩恵は受けられない
私が日立の大甕駅から乗った
常磐線の上野行の普通電車は
取手駅から快速運転を始める
千葉の松戸駅で各駅停車に乗り換えて
隣の金町駅で下車した
茨城県内は一日二千円で乗り降りできる
『ときわ路切符』を買っているので
取手からの乗り越し
二百五十円を払って改札を出る

大学の正門までの道
金町商店街は理大商店街と名前を変え
新しくこの街に越して来た

理大生達を歓迎していた
通りを進んでいくと
屋上に自動車教習所を設置した
巨大なイトーヨーカドーの店舗があった

葛飾で開かれるのは初めてだが
ホームカミングディーは八回目だ
五年くらい前に神楽坂で開かれたときに
一度覗いたことがあるが
そのころはまだ規模は小さかった
校舎前のテントにスタッフがいたが
受付はまだ始まっていなかったので
キャンパスをさ迷ってみる
鳥人間コンテスト用の
グライダーが展示されていた
今年はテレビの画面で見た記憶がないので

成績はあまり芳しくなかったようだ
葛飾に引っ越してきたのは
理学部・工学部・基礎工学部などに所属する
一部の学科だけだ
神楽坂キャンパスは過密で
千葉の野田キャンパスは広大だ
ここは工場の跡地を整備して
講義棟・研究棟などの建物が程よく配置されている
グラウンドからは
障害物なしで東京スカイツリーが見える

受付のテントの前には
列ができていて二十人位が並んでいた
午後に図書館の大ホールで行われる
尾崎亜美のライブの入場券が配布されていた
その時間は懇親会があるので私は参加できない

並ばずにホームカミングディーの
パンフレットだけを受け取った
なぜ理大に尾崎亜美なのかは分からない

理想会のテントに寄って
同窓会誌『理想』が送られてきた封筒を提示し
粗品の袋を受け取った
中身は中公新書ラクレの
馬場錬成著『物理学校』と
科学教養誌『理大科学フォーラム』だった

そろそろ時間なので
総会が行われる講義棟に入る
七階建てで六階までが教室だ
上りと下りのエスカレーターが設置されている
授業だけでなく

学園祭などのイベントにも対応しているようだ
私が在学中は授業料が安いだけで
後は学生にお任せという感じだったが
授業料が他の私立大学並みになった現在では
色々とサービスを考えないと
学生が確保できないのだろう

白髪で長髪のあの顔は
上の階から最も有名な理科大教授
卒業生でもある
数学の秋山仁先生が下りてきた
数日後の芸能ニュースで
女優由美かおるさんとの
熱愛が報道されることになる

茨城支部の理想会総会の参加者は

四十人位だった
高校教師と日立製作所の関係者が多い
役員の任命や会計報告などの議題が進む
本部からの来賓として参加した
メガネドラッグの森野社長は
私と同じ年に理科大を卒業している
スクリーンに画像を写しながら
挨拶代わりに理科大の前身
東京物理学校誕生の歴史を熱く語る

物理学校は東京大学フランス語物理学科の
二十二人の卒業生によって創立された
多数派の英語物理学科に対抗するために
日本語による理学教育を志した
さっき粗品としてもらった本を読めば
もう少し詳しい歴史が分かるだろう

私は理学部化学科の受験を思い出す
前日の応用化学科の試験に失敗した私は
一浪気分で受験場に向かった
「英語で〇点かそれに近い成績を取らなければ
脚切りをすることはない」
と試験監督の先生がわざわざ説明してくれた
数学の問題用紙には
応用化学科と同じ形式で
小問が四つと大問が二つ並んでいた
前日の数学では
パズルのような小問に手間取って
大問の解答をまとめる時間が不足した
百点を取るしか意味のない私は
小問を無視して大問から取り掛かることにした
小問は大問が行き詰ったときに勘で答えた
試験時間あと五分のところで大問のミスに気付き

ぎりぎりで解答を修正した
滑り止めに受けに来た生徒のほとんどは
この難問を途中で投げ出したことだろう
化学の問題では差は付きそうもない
後は英語で二けたを目標に頑張った
必死で暗記した英単語を
国語力でつなぎ合わせた解答には
正解と自信を持って言えるものは一つもなかった
ああは説明したにも拘らず
○点でも合格させてくれたのだろうか

英語が不得意な私が
数学と理科の成績だけで
理科大に潜り込めたのは
建学の精神の御蔭のようだ

懇親会までの昼休みに図書館を覗いてみる
鉄道の自動改札のようなゲートは
今日は登録カードなしで通過できる
理工学書が充実しているのだが
元理大文芸部に所属していた私は
文学の分類の棚に向かう
階段状にフロアが繋がる
三階建ての図書館なのだが
そこに置かれた本は九冊だけだった
一冊はアシモフ
一冊は寺田虎彦の著書だった
文学書が少ないのは構わないが
夏目漱石が一冊もないのは問題だ
イギリス留学で苦労して
胃を痛めて帰国した漱石も
物理学校の志に賛同して

小説『坊っちゃん』を書いたのだろう

姓名が不明なのに
物理学校の一番有名な卒業生
数学教師の『坊っちゃん』は
今日も『マドンナちゃん』とともに
着ぐるみになって理大のＰＲをしている
キャンパスをカップルで歩いて
愛嬌を振り撒いていたのだが
ときどき強い風が吹くので
転倒を防止するための介添えが付いていていた
下駄履きの『坊っちゃん』は特に不安定だ
この貢献に報いるためには
四国松山に理大文学部を作るしかない

私が所属していた今は亡きサークル

東京理科大学一部文化会文芸部は
その昔は文学部と名乗っていたが
「紛らわしい」
という学校当局の圧力によって
文芸部に改称させられたらしい
文芸部から名前を取り上げた以上は
それを復活させる義務がある
理大文学部にも
科学ライター　ＳＦ作家の養成
夏目漱石の研究など
色々な可能性があるだろう

模擬店などを見て講義棟に戻る
今度は一階ずつ上がって
理大ＯＢのアートギャラリーや
神楽坂キャンパスに作られた

近代化学資料館の出張展示物などを見ていく

教室は机が並べ替えられ
料理が運び込まれていた
私は懇親会が始まる前に
茨城新聞に投稿した詩のコピーを配った
私は数年前脳出血になっているので
酒は飲めないが乾杯でワインを口に含む
去年と一昨年は
イベントとして理大卒業の歌手
祥子さんを茨城に呼んで歌ってもらったが
今年は参加者の近況報告だけだった
若い順に挨拶をする
結城二高の渡邉先生とは
翌週結城二高の百周年行事として行われた
詩人新川和江先生の記念講演で

もう一度会うことになる
秋山仁先生の同級生は
順番を早めて挨拶してから退出した
尾崎亜美さんのライブに続いてホールで行われる
教授の記念講演会に参加するためだ
後で聞いた話では
講演のアシスタントとして
由美かおるさんも参加していたようだ
挨拶は続く
定年を過ぎても日立製作所に勤める
電気工学科の一期生　山極さんが挨拶する
来年は日立で開催することになるので
日立港見学などのイベントを考えているようだ
最後に理科大の校歌を歌って散会した

懇親会を終えて外に出ると

中庭からパワフルな歌声が聞こえてきた
祥子さんが中庭でミニコンサートを開いていた
茨城に来てくれたときにはカラオケだったが
今日は伴奏の三人を伴っている
歌っている曲は
葛飾にちなんだ映画『下町の太陽』の『寒い朝』だった
私が住む日立市出身の吉田正さんが作曲したもので
常磐線ＪＲ日立駅の
下り発車メロディーにも使われている
日立周辺も工場が並ぶ下町だ
ちなみに上りのメロディーは『いつでも夢を』だ
もう一つ懐メロ『港の見える丘』を歌ってから
三月に発売されたオリジナルの新曲
『むらさきの花咲く街で』を歌った
葛飾の街の情景が描かれている
客席に歌詞カードが配られた

続いて同じＣＤに収められた『10年』
祥子さんが十年間務めた
かつしかエフエムのパーソナリティーの
卒業を記念する歌だ

大学時代　私は応用数学科の寺島君に連れられて
ＦＭ東京に行ったことがある
そこでパーソナリティーを務める
歌手の芹洋子さんに面会するためだ
番組のリスナーの寺島君は
「東京理科大学の学生で芹洋子さんを応援したい」
と申し出たらしい
当時の芹洋子さんは
北海道の幸福駅の切符を題材にした
『愛の国から幸福へ』を歌っていたが
少し伸び悩んでいる感じだった

事務所の社長も路線的に迷っていて
藁にもすがる思いで寺島君を呼んだようだ
局の一室で対面した三人の男を見て
「こいつらは本当に私のファンなのか」と
芹洋子さんは訝しんだに違いない
寺島君は広報誌を一度だけ編集して
神楽坂キャンパスで配布したのだが
本物の藁だったので
理大生の心を動かすことはできなかった
「次の曲は『瀬戸の花嫁』の都会版にしたい」
という社長の言葉を覚えているが
その新曲は記憶に残っていない
おそらくヒットはしなかったのだろう
その後の芹洋子さんはFM東京の番組を終えて
ひたすら歌うことだけに専念した
よりシンプルな

『赤い花白い花』などをリリースして
歌唱力のある歌手としての地位を確立し
紅白歌合戦にも何回か出場した
祥子さんもそのような感じで
迷いなく前進してほしい

童謡『赤とんぼ』でしんみりさせてから
アンコールを求められて
同窓会の歌『順縁歌』を歌い
祥子さんのミニコンサートは終了した
レコードが消滅して以来
私は音楽のコンテンツを購入したことがない
『むらさきの花咲く街で』のＣＤを買いそびれた
理大名物『坊っちゃん焼き』も買いそびれた
私の財布の紐は堅い

かりにいく

多数の犠牲者が出た広島の土砂災害
ウクライナ　ガザ地区　イスラム国の紛争
アフリカで感染が広がるエボラ出血熱
テレビが伝えるのは
このようなニュースだけではない

家族を引き連れてスーパーに行った男が
食料品を集団で万引きして捕まった
男は出掛けるときに
「借りに行こう」
と妻と子供達を誘ったらしい

ちゃんと稼げる状況になったら

代金は返却するということなのだろうか
そんな気高い心の男とは思えない

男はもしかすると
「狩りに行こう」
と提案したのかもしれない
スーパーを大自然に見立てて
食料を奪取する行為を正当化したのだ
そこにあるものは誰のものでもないと

おそらく男が供述した言葉を
真面目な取調べ官が聞き誤り
自分なりの解釈を加えたのだろう
ニュースを取材した記者は
私のようなことは考えなかったのか

テレビ局にとっては
どうでもいい些細な事件だ

木と花が教えてくれる

新しい研究所が完成した
これから何を始めよう
敷地内に立つサクラの木の
美しく咲き誇る花を眺めながら
私は研究の計画を練っていた

「花は食べられないから
つまらない」
読むか聞くかした言葉が
記憶に残っていた
あれは誰だったのだろう
思い出せそうで思い出せない
何の事はない

それは単なる言い換えで
「花より団子」
という言葉が
先にあったことに気付いた

遥かな昔
花というものが
まだ試作品だった時代には
美味しく食べられる花も
存在したのかもしれないが
そういう種は
種子を作るのが困難で
子孫を残すことなく
淘汰されてしまったようだ
今はソメイヨシノのように

美しい花を咲かせていれば
人間に保護してもらえる
わざわざエネルギーの負担になる
種子を作らなくても
挿し木のような無性生殖で
人間がクローンを増やしてくれる

種子を実らせなくなっている
観賞用のサクラの木
その花を食べられるように
私が品種改良しても
特に不都合はないだろう

花という器官は
受粉に昆虫の助けを借りるために
甘い蜜を分泌しているので

本来は美味しくないわけはないのだが
花全体が食べられるのを防止する
特別な仕組みが働いているようだ
その機構を解除して
蜜腺を強化すれば
団子よりおいしい花が作れるはずだ

二十五年が過ぎた
研究所の敷地に
十数本のサクラの木が立っている
私が誕生させた
サクラアメという品種だ
成長を待つのがもどかしかったが
数年前から花が咲くようになった

満開になると

甘い蜜の香りを拡散させて
食べ頃だと周囲に伝える
花見に来た人々は
サクラアメの木の枝を折り取り
綿飴のように楽しむ
昆虫が蜜を吸い
小鳥が一輪ずつ啄む
山から下りてきた猿が
木に登って貪る

食い散らかされた後の
無惨な木の姿を目にして
私は溜息を吐く
総ては失敗だった
やはり花は見るだけでいい

「いや　構わない
このまま計画を続けよう」
私の脳細胞が
サクラアメの木の声を受け止めた

花を食べて
味に魅せられた人々は
ひたすらサクラアメのことを考えて
次の春を待つ

その後五十年で
寿命がそんなに長くはない
ソメイヨシの木の半数が
サクラアメの木に植え替えられた
日本だけでなく
海外にもたくさんの

サクラアメの木が送られた
食料不足の国には
特に喜ばれた

サクラアメの花は
ただ美味しいだけではなかった
木から真相を明かされて
私は愕然とする
習慣性がある蜜には
人間を木の意志に服従させる
情報誘導ウィルスが
微量の成分として隠されていた
心を蝕まれた人類は
地球の支配者としての地位から
転落することになるだろう

計画を立てたのは私ではなかった
樹木は集団で意志を持つ
七十五年前
リンクした日本中のサクラの木に
私の心は呪縛された
相手が私一人だけなら
食べられる花を使わなくても
心を自在に操ることができたのだ

これまで人類が独裁を続けてきた
この辺で政権を交代した方が
健全な地球文明の発展のためには
良いことなのかもしれない
樹木には参政権がなかったのだから
このような手段を用いた革命も
止むを得ないことのように思える

そういうことを別にすれば
サクラアメの花は
とても優れた健康食品だ
私の身体はまだまだ元気だ
世界は今のところは平穏で
劇的な事件は何も起こっていない
事態の結末を見届けたいと思う

ニュートンは万有引力を
発見したのではない
のかもしれない
おそらくリンゴの木が
教えてくれたのだ

ハンパもんのうた

晩の御飯だ　ハンパもん
闇鍋つつく　ハンパもん
居候だよ　ハンパもん

くねくね揺れる　ハンパもん
頼れぬパワー　ハンパもん
自分は守るよ　ハンパもん

行こか戻ろか　ハンパもん
どこを目指すの　ハンパもん
遅刻もするよ　ハンパもん
騙（かた）るか泣くか　ハンパもん

値切るか貰うか　ハンパもん
盗みはしない　ハンパもん

昨日は忘れた　ハンパもん
今日は裏切る　ハンパもん
明日は逃げ出す　ハンパもん

壊れて動く　ハンパもん
死んでも元気　ハンパもん
直すと止まる　ハンパもん

歌姫S

大阪から渡ってきた
赤いミニドレスの歌姫
未知数の笑み浮かべては
とぼけたキャラ見せている
愛を捜しているような
澄んだ煌めき音の波
その場巧みに支配する

悲しく寂しい夜になる
涙の雨粒落ちてくる
賢い女も騙される
強い女も傷を負う
一つ二つと数え歌

方程式で解求めても
なぜか実数にはならない

一度帰ってみようかと
ごった煮のような街想う
自転車漕いで葛飾
いろは坂昇って日光
東へ北へ進路取る
しなやかな翼どこまでも
歌う影虚空に舞う

三　猿

みざる

みとは巳　蛇のこと
ギリシャ神話に登場する
髪の毛を蛇に変えられた娘
メデューサのような猿
巳猿の頭部には
無数の細長い蛇が
うじゃうじゃと生えている
魅力的な猿だが
目を合わせると
石にされてしまうので
見ない方がいいだろう

いわざる

岩猿は石猿とも言う
巳猿と目を合わせて
石化してしまい
動けなくなった猿
一億年くらい待てば
表面の岩が割れて
孫悟空のような
超猿が生まれるかもしれない
否　そんな出任せを口にして
被害猿を気遣う者たちに
悪戯に希望を持たせてはいけない

きかざる

気化猿とは気体になった猿
巳猿の影響を受け
岩猿になった被害猿を
動けるようにするために
猿を熱愛する
正気とは思えない科学者が
特殊な光線を照射して
生きたままガス化させた猿
気体に変化した猿は
躁状態で空間を飛び回る
「火には近寄るな　爆発するぞ」
科学者は警告するが
迷惑な猿は聞く耳を持たない

真ん中の部屋

小学五年の頃まで住んでいた
結城駅前通りの
田村家の母屋には
真ん中の部屋と呼ばれる
日が射し込まない座敷があった

出入り口となる
唐紙の反対側に
仏壇が置かれていた
毎朝　飯や水を供えて
お鈴(りん)を鳴らすときにも
電球が灯されることはなかった

祖父　右十郎は
祖母と母と叔母を残して
昭和二十五年
四十九歳でこの世を去った
戦争とは関係がない
病死だった
父も婿養子になっていたようだ

右十郎は炭屋を営み
若いときには
自転車のロードレースで
活躍したという

夜は絶対に行かない
真ん中の部屋

押し入れで
猫が密かに
子を産み落とす

使われてない部屋は
主の寝室だったのか
タイヤなしの自転車が
夜ごと部屋の六面を走るのか

畳を数えた記憶はない
私と妹には
床も壁も天井も朧げな
謎だらけの部屋

怪盗F

紳士淑女が
幻想を追っている夜に
体重がない黒い影が
現実を掠め取っていく

ファントムが空を横切る
ファントムが壁を抜ける
ファントムが鍵を開ける
ファントムが闇に消える

善男善女が
真実を求めている夜に
感情がない黒い影が

疑惑を持ち去っていく

ファントムに欲望はない
ファントムに大義はない
ファントムに計画はない
ファントムに法則はない

夜霧に捏造された亡霊
秘宝へと接近する高笑い
彼方へと遠ざかる嘲り
ドップラー効果も疑わしい

夜にだけ実在する怪盗は
竜を封じた宝石を奪取したが
時間切れとなり持ち去れず
暁の空に解き放った

朝になれば男はただの人
心を奪われた令嬢も我に返る
次に姿を現すのは見知らぬ男
ファントムは夜ごと更新される

Ⅲ

夢と冷静の間

信じるだけで
絶対に夢は叶う

選択は最善なのか
導きを受ければ
報われる高みに
必ず到達できるのか
行かないと分からない
色褪せた地図

泣きながら
時の女神の乳房に
甘えてしまう

勢いのままに
積み重なった動機
予防注射のように
摂取される疑問
元素まで分解し
整備点検しないと
足を踏み出せない

追うのか　逃げるのか
攻めるのか　守るのか
出現した夢の彗星
宙に描く
不安定な楕円軌道

時の女神の胸には
別な赤ん坊が

眠っている

確率に委ねる
成功と挫折
彼方に示される
変化が超克した終着

信じれば絶対に
誰かの夢は叶う

とか　とか　とか

とか　とか
どこから聞こえてくるのか
韻律に感応してしまう

とか　とか　とか
気配に振り向いても
生身の尾行者は見当たらない

とか　とか　とか
縦割りに積み上げられる
お隣には伝わらない響き

とか　とか　とか

最初は耳障りな波動
徐々に気持ち良くなってくる

とか　とか　とか
「三回続けると抒情的ではない」
裁定者の厳しそうな目

とか　とか　とか
妖精のような歌姫が
湿った地下空間に忍び込む

とか　とか　とか
新知事が留守のとき
市場が小亀に侵略される

とか　とか　とか　とか　とか

影が千の卵を産み落とし
並数（なみかず）が増えていく

むへんかん

かな　かな　かな
ないているひぐらし
よていはなにもない

かな　かな　かな
とびまわるかなぶん
じかんがよめない

かな　かな　かな
いしきにどうさが
おいついていない

かな　かな　かな

しこうにことばが
とりのこされる

かな　かな　かな
ややこしくなるので
かんじょうはださない

かな　かな　かな
ゆだんしていると
へんなかんじになる

かな　かな　かな
かわらないままおわる
しずかないちにち

妄想のまゆげった

朝起きると私は
茨城県結城市のゆるキャラ
『まゆげった』になっていた
しかし　元々眉は太いし
眼も大きい
頭頂の状態も
繭のような感じなので
そんなに違和感はなかった

私の意識が混入して
時空が大きく歪む
有り得ない『まゆげった』の
物語が始まる

『まゆげった』は結城名産の
桐下駄を履いているので
足許がおぼつかない
東京理科大学のマスコット
『坊っちゃん』というのもいるが
下駄履きキャラは
動きが悪く不利だ
熾烈なゆるキャラ戦線を
戦い抜くためには
擢んでた機動力が必要だ

昆虫としてのメタモルフォーゼ
巨繭から大蛾へ
変わることは可能なのか
足腰を鍛えるために
とりあえず筑波山に登り

修行することにした

国道五〇号から二四六号
筑波山に向かったが
『まゆげった』は道に迷い
つくば市内の研究所に侵入していた
天まで聳え立つ建物
広大な敷地には
どこかで見たことのある
巨大ロボットが立ち並ぶ

数人の男が
侵入者を発見する
「怪しい奴　お主は何者だ」
ダイナミック研究所の
ナガイ所長が問い質す

しかし答えようにも
『まゆげった』に会話能力はない

「こいつは結城で活動している
『なんとかゲッター』という奴です」
イシカワ博士が言う
「なに　ゲッターというからには
変形能力は備えているのだろうな」
その言葉にナガイ所長が反応する
「ありませんよ
それならば『ねばーる君』以上の
人気が出ているはずです」
イシカワ博士が答える
「それならば偽ゲッターを
立派な『めたもん』に改造してやろう
礼には及ばない

私は変態が大好きだ」
ナガイ所長の目の色が変わる
勘違いされた『まゆげった』は
異能の科学者たちに
拉致されてしまった

日曜日から日曜日まで
八日間続く結城の夏祭り
その初日の朝
『メタもん』として改造された
新しい『まゆげった』が
結城蔵博物館を訪れる
「メタモルフォーゼ　げった2」
この声は『まゆげった』が
紬の着物の懐から取り出した
下駄から聞こえてきた

『まゆげった』が下駄を履き替えた
しかしどちらも二枚歯の
普通の下駄だったので
『まゆげった』の外見に変わりはない

しかし新しい下駄『キリーπ』は
ハイテクが詰まった高性能下駄
『まゆげった』の足裏を刺激し
飛切りの会話能力を与え
『おしゃべりまゆげった』に変えていた
脚の神経にも効果があり
歩行能力が向上している

「ねえ　お祭りに使いたいから
御手杵の槍を貸してちょうだい」
『おしゃべりまゆげった』が館長に頼む

「そんなことはできません
これは結城家に伝わる大事な宝
遊びの道具ではありません」
「意地悪を言わないで
そこを何とかお願いできないかな」

暫らくお世辞や愛らしさで迫ったが
良い結果は得られなかった
『おしゃべりまゆげった』は
紬の着物の懐から
『トールＴ』を取り出す
一本歯の高下駄だ
「メタモルフェーゼ　げった１」
下駄を履き替えると
『まゆげった』に鼻が生え
それが長く伸びる

顔は真っ赤に染まっていく
「これでも貸せぬというのか」
『てんぐまゆげった』が一喝する

「いえ　本物の御手杵の槍は
空襲で消失していますから
このレプリカの槍は
それほど重要ではありません」
てんぐ様には逆らえない
すんなりと貸してくれた

名槍を手にした
『てんぐまゆげった』が
杵型の鞘を持った
健田須賀神社の氏子代表と共に
まだ御神輿の通っていない

結城駅前大通りを
先触れとして練り歩く

『てんぐまゆげった』は
駅前のゆうき図書館に入り
カウンターを占拠する
見たこともない怪人の出現に
脅える館員達
「メタモルフォーゼ　げった2」
『キリーπ』に履き替え
正体を明らかにすると
一日館長に就任してしまい
記念撮影を始める
「メタモルフォーゼ　げった1」
『てんぐまゆげった』に戻って
さらに記念撮影を続ける

図書館を出て通りに戻る
『てんぐまゆげった』が思い付く
「そうだあっちにも
お披露目をしておこう
これは返しておいてね」
氏子代表に御手杵の槍を渡すと
修行の成果なのか
外壁を軽快に駈け上がり
結城信用金庫本店の屋上に立つ

「こっちにおいで」
大きな声で空に叫ぶ
『てんぐまゆげった』
上空に現れたのは
繭型の飛行体　『結浮往（ゆいふおう）』
シックな造りで

未知との遭遇に登場する
ＵＦＯのような
けばけばしさはない
ステルスの機能を持つ
紬の亀甲柄が
機体表面に描かれている

「メタモルフォーゼ　げった３」
『まゆげった』は操縦のために
三本歯の下駄
『ワームＥ』に履き替える
蚕の幼虫の形をした
木靴に近いデザインだ
操縦席にはペダルがあるので
一本歯　二本歯だと操作が難しい

黄色い顔に代わり
パイロットの制帽を被った
『たくみまゆげった』
コックピットに乗り込むと
結浮往は反重力で急上昇する
操縦装置は
ピアノにも織り機にも見える
しなやかな指で鍵盤を弾き
『サン・トワ・マミー』を奏でながら
その日は結城市の国際親善姉妹都市
ベルギーのメッヘレン市まで飛行した

鬼は屍を残さない

鬼という種族が
存在したという証拠はないが
鬼は繰り返し
人類の歴史に現れる

人と人が争うときに
感情が人間を変化させる
心と頭に角が生えて
鬼というものが誕生する

この地方の伝説では
賢い人が知恵を絞って
途轍もなく悪い鬼を

退治したことになっている

しかし本当のところは
そんな爽快な事件ではなかった

強い鬼が力の限り暴れて
戦闘能力が劣る人間が
制圧されただけのことだ

敗者は人として死んだが
殺される前は
頑固な青鬼だった

勝者となった赤鬼は
利権を手に入れると
毎日嘘と言い訳を重ねて

徐々に凡人に戻った

母という魔女

いつも母は私を
援けてくれた
私が望まない方法で

私の行く手に
立ちはだかる障壁
母が見る世界には
存在していない

母は私の現状を
聞き出そうとする
私の願いなどには
少しも関心がない

私の絶望的な判断は
軽く理不尽に否定される
母は私自身より
私のことを知っている

洋裁学校の仕事が忙しく
子育てを祖母に
丸投げした母なのだが

私は頭で考える
知恵で問題を
解決しようとする

母は心で想う
感情で邪魔物を
払い除ける

私と同じ世界に
生きていたのでは
軟弱者は援けられない

時が過ぎ
母の魔力は
尽きてしまった
物わかりが良くなり
違う人を演じていた

銀の旅

砂漠を進む
長く連なるキャラバン
風が唸り砂嵐になる
ラクダたちが
螺旋に舞い上がり
天の川に溶解する

昨日の記憶から
切り離された商人
己の命を確かめ
星のオアシスで休み
壁越えて光年を歩む

過去と未来が
細かく紡がれた
メビウスの帯
さすらう夢の中
光すべてが捻じれ
虚空に結ばれる

君に誘われた遊び

君に誘われた鬼ごっこ
風のように走っても
追い付いてはいけない
揺れる影に並べても
君に触ってはいけない
角を抜かれた鬼ごっこ
私は逃げることができない
雁字搦めの鬼ごっこ

君に誘われた隠れんぼ
懸命に捜しても
手掛かりは見付からない
迷路を歩き続けて

君を永久に捜し続ける
祈り虚しい隠れんぼ
私は絶対に姿を消せない
心擦り切れる隠れんぼ

君に誘われた花一匁
気持が動いても
誰の名前も呼べない
前進も後退も諦め
君が欲しいと言えない
鏡の国の花一匁
私が独りぼっちになる
希望見えない花一匁

飛んでいるとは限らない

刑事のように探しても
見付からないよ青い鳥

真っ青な鳥見付けても
鑑定できる人はいない

青くないのか青い鳥
鳥とは違う青い鳥

青い鳥よりも白い猫
青い鳥よりも赤い魚

色は忘れて後を追え

形無視して捕まえろ

誰にも読めない青い鳥
暗号化されてる青い鳥

心で壁を乗り越えろ
願い届けば青い鳥

気付けば何でも青い鳥
どこにでもいる青い鳥

一羽だけでは意味がない
数が頼りの青い鳥

空のすべてが青い鳥
塵も積もれば青い鳥

お鶴と名乗る女

石橋の宿場で
日光東街道は
日光街道と合流する

一日中歩いて
宿に辿り着き
旅の男が
手足を伸ばしていると
仲居がやって来た

「失礼いたします
お客様に相部屋を
お願いしたいのですが」

「からかっているのか
言っちゃあ悪いが
この宿はがらがらだぞ」
「こちらの都合ではありません
ご提案されたのは
お客様のお知り合いの方です
日光までの宿賃を節約すれば
お互い助かるのではないかという
いかがいたしましょうか」
「なるほど　そういうことか
そちらには迷惑な客だな
そいつはどんな奴だい」
「お鶴さんとおっしゃっています
とても美しい御婦人でございます」

知らない人物だが

会ってみることにした
男の前に現れたのは
淡い黄色の紬を着た若い女

「誰だ　おまえは
女郎ではないようだが
怪しい　怪し過ぎる
悪いことを企んでいるのだろう」
「そう邪険にするでないよ
ここではお互いに仮の姿
怪しいのは私だけじゃない
お前さんが同類だということは
本能でわかるよ」
「そういうことは　大声で言うな」
「自分の糸を
使い果たしてしまってね

それであんたに
相部屋を頼もうと思ったんだ」
「残念だったな
俺は東照宮までは行かないよ
徳次郎(とくじら)辺りで用を済ませるつもりだ」
「そうかい　それで構わないよ
連れてっておくれ」

旅の男は
お鶴を部屋に入れ
これまでの経緯(いきさつ)を聞く

もう少し北に
向かう予定だった
身体の準備が
できてしまったので

筑波山が見える森で
女は自分の役目を
果たすことにした
しかし　事を始める前に
獣道に仕掛けられた罠に
捕らえられてしまった

弓を持った初老の男が
接近してくる
このままでは矢で
命を奪われることになる
こちらの実体を
見られてはいけない
女は変化の術で
鶴に姿を変えた

「なぜこんなところに」
これまでこの森で
鶴を見たことはなかった
猟師の男は
畑を荒らされて困るという
農家の依頼で
森の入口に罠を仕掛けた
この美しい鳥を
獲物と割り切って
殺して食べてしまえば
必ず罰が当たるだろう
男は罠から細い脚を外した
鶴は舞い上がり
すぐに見えなくなった

浮遊の術は

長くは続けられない
女は仮の姿に戻ると
地表に落下した

命を援けられた猟師に
自分の用事は後回しにして
恩返しをしなくてはならない
女は強い信念に
支配されることになった

森の側に猟師の家がある
妻と二人暮らしだ
夜遅く訪ねる者があった
小さな包みを背負った女だ
「私はお鶴といいます
行商をしています

道に迷ってしまいました
こちらのお宅に一晩
泊めていただけないでしょうか」

あえてお鶴と名乗ったのは
伏線である
恩返しというものは
相手に分かるようにやらないと
意味がないからだ

罠から鶴を援けた男が
同じ名の困っている女を
追い返すことはできない
妻の方も少し警戒したが
非常事態なら仕方がない
という感じだった

翌朝　お鶴が言う
「ありがとうございました
あのまま歩いていたら
どうなっていたか分かりません
たぶん　命拾いをしたのでしょう
お礼をさせてください
持ってきた野菜が
街で思いの外高く売れたので
掘り出し物の糸を
仕入れて来ています
織り機を貸してください
私の村に伝わる布を
これから作ります
気に入っていただけると
嬉しいのですが
それから　布の製法は

秘伝になっていますので
絶対に覗かないでください」
食事を済ませると
機（はた）のある部屋に
お鶴は籠った

数日後　布が完成した
「お待たせいたしました
どうぞお納めください」
「素晴らしい
この世のものとは思えない
たいへん美しい織物ですね」
「初めて使った
糸と織り機の組み合わせが
奇蹟を起こしたのでしょう
私もこれ程の品が織れるとは

思っていませんでした」
「このような宝物を
私達が単なる布として使うのは
いけないことのような気がします
この布を身に付ける
もっとふさわしい人がいるはずです
大変言い難いのですが
これを街に売りに行って
お金に変えてはいけませんか」
「この布はお礼として差し上げる品
どのようにされても構いません」

猟師は布を背負って
街へ出かけて行った
「大変な作業　お疲れ様でした
ここでゆっくりお休みください」

お鶴のことを
少し鬱陶しいと思っていた
猟師の妻も優しくなった

猟師は結城の街へ行くと
知り合いの紬問屋に
お鶴の布を持ち込んだ
「これは規格品ではないが
類まれな逸品だ
同じものがあるのなら
どんどん持ってきてくれ」
布は高く買い取られた

猟師の話を聞くと
お鶴は言った
「そういうことなら

残りの糸も
ここの機で織らせてください
条件が変わってしまうと
同じ品物は作れません
儲かったお金は
折半するということで
いかがでしょうか」
交渉がまとまり
作業継続となった

「お願いします
絶対に覗かないでください」
お鶴は機織りを始める
完成品を見る前は
約束を守れたのだが
見事な布を見た後では

気持ちは抑えられなかった
一度見ただけで
製法が分かってしまう
秘伝というのは
どういうものなのだろう
猟師と妻は
壁に開いた小さな穴から
隣室の様子を窺った

お鶴は変化の術を使い
一羽の華奢な鶴が
自らの羽を毟り
機を織っているように見せた
しかし　鶴の羽毛などで
見事な布が
織れるはずもない

お鶴の実体は
別な作業をしていたのである

猟師は妻に
森の中で鶴を援けた話をした
「そういえば　お鶴さんは
小さな包みを背負っていたけど
糸は見せてくれませんでしたね」
「いいか　覗いたことは
絶対に内緒だぞ」

猟師は完成した布を
問屋に売りに行く
何事もなかったように
三人の時は経過する
秘密が分かってからも

覗き見は止められなかった

ある日　お鶴が言った
「糸を使い果たしてしまいました
家のことが気になるので
里に帰ろうと思います」
猟師も妻も引き止めなかった
昨夜　覗かれたときに
お鶴は一瞬だけ変化の術を解き
実体が糸を吐き出し
作業する様子を見せていた
恩返しは分かるようにやらないと
苦労した意味がない

お鶴は話を終えた
「そういう訳で　自分の糸を

使い果たしてしまったんだ
後はよろしく頼むよ」
「まあいいだろう
しかし　すべての女が
あんたのように振る舞えば
俺たちの種族は
滅びることになるな」

旅の男は考える
成体になっても
子孫を残すだけで
空高くは飛べないらしい
この時点で
伴侶と遭遇するのも
幸運なことなのかもしれない

「そんなに急ぐこともない
布を売った稼ぎがあるから
次は宇都宮辺りで
もっと豪勢な宿に泊まれるよ」
「その代わり
最後は窮屈なことになる」

杉並木に近い森の中
一つの繭の中に
二匹の大き目の蚕が眠る

生きている本

生きている本　見付けたよ
活字が躍る　気紛れに
読むたび筋が　変化する
じっくり読むと　赤くなる

生きている本　買いに行く
値段は少し　高いけど
いざというとき　武器になる
腹が減ったら　食べられる

生きている本　ややこしい
漢字や数式　増えていく
健康管理　忘れるな

誤字や脱字も　増えてるぞ

生きている本　傷を負う
嵐の批評　晒されて
出血多量　虫の息
生きている墓　できあがり

生きている本　甦る
作者の生霊　呼び出して
独占契約　扱き使う
手抜き仕事は　許さない

生きている本　終わらない
ページが増える　限りなく
巻がどんどん　生まれてる
命を燃やす　大長編

雲に遊ぶ

「あの雲はひつじ」
「あの雲もひつじ」
「あの雲はあひる」
「あの雲はうさぎ」
赤い服の女の子
丘に佇み
雲使いになって
空を眺めている

今日はねこがいない
山の裏に隠れて
草の雲の裏に隠れて
寝ているのかも

女の子は探す
三角の尖った耳
しなやかな尻尾

雲が流れる
「ねこになれ」
「ねこになれ」
「ねこになれ」
声がだんだん大きくなる
もやもやした形の
何だか微妙な雲は
女の子が願うようには
姿を変えてくれない

胸騒ぎがする
雲が集まる

帯になる　積み上がる
重く空を埋める
化けねこに
攫われないように
女の子は慌てて家に帰る

戦略的優しさを警戒せよ

若い女達は
「死にたい」
と呟いていた

真実は三割くらい
あとはフィクションと
ファンタジー
青い鳥を
探していただけ

本当に優しい男なら
言葉の七割を信じて
心揺らぎ

一緒に迷路を歩く
悪いようにはしない

壊れた男は
機械的に十割
理解した振りをして
流れ作業のように
凶行を続けた

短縮されてしまった
距離と時間
出遭ってはいけなかった
肉食獣

私家版詩集より掲載リスト

Ⓢ　初期詩集　『視界／ＰＯＩＮＴ・Ａ』
　1972年～1990年頃に執筆　初期の詩集を合本
　全44篇から「やぶれかぶれの歌」「ＰＯＩＮＴ・Ａ」「空白」を収録

①　詩集　『壊れるということ』
　2006年～2009年11月に執筆
　全38篇から「心はどこにあるのか」「謎の生き物」「天気のいい日に」を収録

Ⓝ　入院詩集　『繭の中から』
　2009年12月～2010年２月に執筆
　全52篇から「学級委員選挙」「おもちゃのラプソディ」「中丸さんのこと」を収録

②　詩集　『酸素は足りているのか』
　2010年３月～2011年６月に執筆
　全45篇から「猫と鴉がいる」「あなたが嫌いです」「遠くまで行ける」「正解を見つけるまで」を収録

③　詩集　『眠れないとき』
　2011年７月～2012年３月に執筆
　全46篇から「寝室の方から」「父はいま家で寝ている」「喪主の長い挨拶」を収録

④　詩集　『海を縫う』
　2012年４月～2013年６月に執筆
　全38篇から「疑問」「記憶」「変わるということ」を収録

⑤　詩集　『久遠から聞こえる』
　2013年７月～2014年３月に執筆
　全32篇から「計画と衝動」「東京理科大学葛飾キャンパス」を収録
⑥　詩集　『木と花が教えてくれる』
　2014年４月～2014年12月に執筆
　全39篇から「かりにいく」「木と花が教えてくれる」を収録
⑦　詩集　『誕生日にプレゼントをする』
　2015年１月～2015年10月に執筆
　全44篇から「ハンパもんのうた」「歌姫Ｓ」を収録
⑧　詩集　『永遠を捕らえる』
　2015年11月～2016年７月に執筆
　全42篇から「三猿」「真ん中の部屋」「怪盗Ｆ」を収録
⑨　詩集　『とか　とか　とか』
　2016年８月～2017年３月に執筆
　全41篇から「夢と冷静の間」「とか　とか　とか」「むへんかん」「妄想のまゆげった」「鬼は屍を残さない」「銀の旅」を収録
⑩　詩集　『飛んでいるとは限らない』
　2017年４月～2017年10月に執筆
　全39篇から「母という魔女」「君に誘われた遊び」「飛んでいるとは限らない」「お鶴と名乗る女」「生きている本」「雲に遊ぶ」を収録

◎　「戦略的優しさを警戒せよ」は未収録　504番目の作品

あとがき

ここ十年くらい、他のことは悲惨な状態でしたが、詩を書くことだけは、奇蹟的に上手くいっているようです。

去年一月に出版した、詩集『結城を歩き探すもの』は、二十代の頃の初期詩集を含む、私家版詩集十冊、四百二十篇の中から、四十篇を選んだものでした。

第一詩集や私家版詩集を読まれた方から、お手紙お葉書などで様々な感想をいただき、大変励みになっています。

その後、五月と十一月に、新たな私家版詩集を製作して、詩の数は五百篇に到達しました。今回の第二詩集も、残り四百六十篇の中から四十篇を選んで、編むことにしました。

年が改まり、校正作業をしていると、茨城新聞社から手紙で連絡がありました。茨城詩壇二〇一七年後期賞（橋浦洋志・選）に選ばれたということでした。受賞作を確認したところ、七月の紙面に掲載された、「飛んでいるとは限らない」でした。

前回二〇一一年前期賞（武子和幸・選）を、「壊れるということ」で受賞したときには、震災によって、投稿した詩の意味が変容してしまったので、悪運に囚われて、何とも言えない複雑な心境でした。今回は、諧謔的な定型詩で受賞することができたので、素直に喜ぶことができます。

思いついたついでに、昨年十二月に茨城新聞に掲載された五百四番目の作品「戦略的優しさを警戒せよ」を追加して第二詩集の区切りにしたいと思います。

新川和江先生には、今回の詩集を作るにあたって、収録作品などについて、ご指導をいただきました。そういえば、先生も定型詩だけは評価してくださいました。最近、ゆうき図書館の「センダンの木の集い」で、お目にかかる機会が少なくなって、残念です。

武子和幸先生、橋浦洋志先生には、茨城新聞への七年間の投稿等で、的確なご指導をいただきました。

東京理科大学の先輩、勝畑耕一氏、曽我貢誠氏、そして文治堂書店には、今回も大変お世話になりました。

二〇一八年三月　　　　　　　　　田村　勝久

著者略歴

田村勝久（たむら　かつひさ）
1956年、茨城県結城市に生まれる
明照幼稚園卒業
結城市立結城小学校卒業
結城市立結城中学校卒業
茨城県立下館第一高等学校卒業
東京理科大学理学部化学科卒業

参加詩誌

「センダンの木の集い」所属
「茨城詩人協会」会員
「茨城詩壇研究会」会員（詩誌「シーラカンス」）
「結城文學の会」会員
「暮鳥会」会員
「日本詩人クラブ」会員

現住所

〒３１６－００２１
茨城県日立市台原町１－１０－３
電話　0294－35－4862
携帯　080－6661－1309

詩集　母という魔女

2018年 6 月20日

著　者　田村　勝久
編集者　曽我　貢誠
発行者　勝畑　耕一

発 行 所　文治堂書店
〒167-0021　杉並区井草2-24-15
E-mail：bunchi@pop06.odn.ne.jp
URL：http://www.bunchi.net/
郵便振替　00180-6-116656

印刷・製本　北日本印刷株式会社
〒930-2201　富山市草島134-10
TEL　076（435）9224（代）

ISBN　978-4-938364-35-9